5 Juin 1892
Clermont-Ferrand Clermont 15 Juin 1892.

V

VILLE DE CLERMONT-FERRAND

VENTE DES 15, 16 ET 17 JUIN 1892

OBJETS D'ART
ANCIENS

comprenant la Collection et la Bibliothèque

DE

M. GIRARD

st aussi
ux livres

CLERMONT-FERRAND
IMPRIMERIE CENTRALE — MALLEVAL
8, Avenue Centrale, 8

1892

CLERMONT
Imp. Malleval

OBJETS D'ART
ANCIENS
ET
BIBLIOTHÈQUE

LE CATALOGUE SE DISTRIBUE :

CLERMONT-FERRAND

Chez M. GRIMAUX, commissaire-priseur.

PARIS

Chez M. OUDARD, directeur de la *Gazette de l'Hôtel Drouot*, 8, rue de Provence ;

Chez M. GANDOUIN, expert, 31, rue des Saints-Pères, et Hôtel de la Poste à Clermont-Ferrand.

VILLE DE CLERMONT-FERRAND

VENTE DES 15, 16 ET 17 JUIN 1892

OBJETS D'ART
ANCIENS

comprenant la Collection et la Bibliothèque

DE

M. GIRARD

CLERMONT-FERRAND
IMPRIMERIE CENTRALE — MALLEVAL
8, Avenue Centrale, 8

1892

VENTE AUX ENCHÈRES PUBLIQUES

d'Objets d'Art anciens

ÉMAUX, IVOIRES, PORCELAINES

PEINTURES, BELLE BIBLIOTHÈQUE

et Mobilier

DÉPENDANT DE LA SUCCESSION

de

M. Jules GIRARD

Propriétaire à Clermont-Ferrand

La Vente aura lieu à Clermont-Ferrand, 45, Cours Sablon,

les 15, 16 et 17 Juin 1892

à 2 heures

par le ministère de Me Raoul GRIMAUX, commissaire-priseur à Clermont-Ferrand, assisté de M. GANDOUIN, expert à Paris, 31, rue des Saints-Pères.

Au comptant et 6 % en sus des adjudications.

EXPOSITION PUBLIQUE

tous les jours de vente, de 9 h. à midi.

CONDITIONS DE LA VENTE

Elle sera faite au comptant et 6 % en sus des adjudications.

L'expert chargé de la vente se réserve la faculté de réunir ou de diviser les lots.

En cas de contestation sur une enchère, l'objet sera immédiatement remis en vente.

L'expert chargé de la vente fournira tous renseignements sur les objets.

Il remplira les commmissons des personnes qui ne pourront assister aux vacations.

L'ordre du catalogue sera suivi autant que possible.

Les adjudicataires prendront livraison dans les vingt-quatre heures de la vente les expositions les ayant mis à même de se rendre compte de l'état et de la nature des objets. Il ne sera admis aucune réclamation, l'adjudication prononcée.

DÉSIGNATION

I.

Miniatures, Boîtes et Bonbonnières anciennes

1. — AUGUSTIN (genre de). — Portrait de femme caressant une levrette. — Mignature sur ivoire, boîte en écaille brune cerclée d'or, époque du Ier empire.

2. — BOUCHER (composition de François). — Vénus entourée d'amours. — Très jolie miniature sur ivoire, forme ovale, cadre bronze ciselé et doré, style Louis XVI.

3. — BOUCHER (école de François). — Vénus et l'amour. — Miniature sur ivoire montée sur une boîte en écaille brune, époque Louis XVI.

4\. — Boucher (d'après François). — Repos champêtre. — Peinture sur émail, exécutée au XVIIIe siècle.

5\. — Barthélemy. — Erigone et un jeune Bacchant. — Miniature sur ivoire, cadre en bronze doré, style Louis XVI.

6\. — Briamin (D). — Portrait d'homme vu en buste. — Jolie miniature sur ivoire, signée et datée 1750. — Cadre bronze ciselé doré.

7\. — Caresme (d'après).— Ariane et l'Amour. — Peinture sur émail, exécutée au XVIIIe siècle.

8\. — Chastaing (L.) — Jeune femme en costume du XVIe siècle. — Miniature sur ivoire, signée. — Cadre bronze doré.

9\. — Coypel (Antoine). — Borée enlevant Orythyie. — Miniature sur vélin, cadre bronze ciselé doré, style Louis XVI.

10\. — Drouais (attribué à J.-B.) — Portrait d'un jeune garçon jouant du violon. — Très jolie miniature sur ivoire, cadre en bronze.

11\. — Dubuffe. — Jeune femme endormie. — Très remarquable miniature sur ivoire, cadre bronze doré, du temps du maître.

12. — Guide (d'après le). — Portrait de la Cenci. — Jolie miniature sur ivoire, cadre en bronze ciselé et doré, style Louis XVI.

13. — Gravelot (d'après). — L'Amour entre la vieillesse et la jeunesse. — Peinture sur émail, exécutée au XVIIIe siècle.

14. — Greuze (d'après J.-B.) — L'offrandre à l'Amour. — Miniature sur ivoire, cadre en bronze.

15. — Guérin (Jean). — Portrait d'un homme âgé. — Belle miniature sur ivoire, cadre en bronze doré.

16. — Hallé (Noël). — Portrait de jeune femme. — Très jolie miniature sur ivoire, cadre en bronze ciselé doré.

17. — Huet (Jean-Baptiste). — La Déclaration. — Miniature sur ivoire, montée sur une boîte d'écaille brune, cerclée d'or, époque Louis XVI.

18. — Huet (Genre de J.-B). — Triomphe de l'Amour. — Miniature sur verre opale, époque Louis XVI.

19. — Lévêque (l'aîné). — Portrait d'homme. — Peinture sur émail, époque de la Restauration, cadre bronze doré. — Signé.

20. — Lévêque (aîné). — Portrait de femme. — Epoque de la Restauration. — Peinture sur émail, cadre en bronze doré.

21. — Loo (d'après Carle Van). — Rendez-vous d'amour. — Peinture sur émail, exécutée au XVIIIe siècle.

22. — Mayer (Mlle). — Jeune ingénue. — Très belle miniature sur ivoire, cadre en bronze doré.

23. — Mouchet (F.-V.). — Portrait de jeune femme. — La coiffure ornée de roses. — Miniature sur ivoire : Signée.

24. — Ranteuil (Robert). — Portrait d'un gentilhomme. — Très remarquable miniature sur vélin, en très bel état de conservation, cadre en bronze doré.

25. — Nattier (attribué à Jean-Marc). — Portrait de Mlle Adélaïde de France.— Très jolie miniature sur ivoire, cadre en bronze doré.

26. — Paillot. — Portrait de jeune femme.— Sur ivoire, bonbonnière en poudre d'écaille lie de vin avec incrustation d'or et d'argent ciselé, époque Louis XVI.

27. — Robert. — Portrait d'homme en costume bleu. — Jolie miniature sur ivoire dans un étui en galuchat. — Signée et datée 1787.

28. — Savignac (L. de) — Port de mer au soleil couchant. — Peinture fixée sous verre, montée sur une boîte en écaille blonde avec cercles en or, époque Louis XVI.

29. — Sieurac (attribué à). — Portrait de femme. — Epoque du Ier Empire. — Miniature sur ivoire, cadre en bronze doré.

30. — Teniers (d'après David). — Fête villageoise. — Peinture fixée sous verre, montée sur une boîte en écaille blonde piquetée et cerclée d'or, époque Louis XVI.

31. — Tournières (Robert). — Portrait de femme. — Belle miniature représentant une jeune et jolie femme vue en buste, peinture sur ivoire, cadre bronze ciselé doré, de l'époque du Ier Empire.

32. — Watteau (d'après A.) — La leçon de musique. — Miniature sur ivoire, exécutée pour être vue en transparent.

33. — Klingstedt. — Scène galante. — Miniature sur vélin, peinte à l'encre de Chine et au bistre, les chairs rosées, cadre bronze doré.

34. — ECOLE FRANÇAISE, époque Louis XVI. — Portrait d'un officier des Gardes françaises. — Jolie miniature sur ivoire, cadre en bronze ciselé doré.

35. — ECOLE FRANÇAISE, XVIIIe siècle. — Jupiter et Junon. — Miniature sur ivoire, cadre en bronze doré.

36. — ECOLE FRANÇAISE, XVIIIe siècle. — Portrait de femme. — Miniature sur ivoire, cadre bronze doré.

37. — ECOLE FRANÇAISE, époque Louis XVI. — Portrait d'homme. — Cadre bronze doré.

38. — ECOLE FLAMANDE, XVIIIe siècle. — Jésus au milieu des Docteurs. — Jolie miniature sur ivoire, cadre bronze doré.

39. ECOLE FRANÇAISE, époque de la Régence. — Les Pélerins pour Cythère. — Groupe de jeunes époux précédés d'un amour, tous représentés en costume de pélerinage. — Jolie peinture sur émail, cadre bronze doré.

40. — ECOLE FRANÇAISE, XVIIIe siècle. — Le galant confesseur. — Miniature sur ivoire.

41. — Ecole française, époque Louis XIV. — Miniatures au vernis Martin sur ivoire; d'un côté, jeune femme tenant des fleurs dans son tablier ; au revers, jeune femme jouant avec un chardonneret. — Montées au milieu d'une boîte en ivoire piquetée d'or ; au fond, portrait de femme peint à l'huile sur cuivre.

42. — Ecole française, XIXe siècle. — Fillette tenant des fleurs. — Miniature sur ivoire.

43. — Ecole française (époque de la Ire République). — Portrait de femme. — Miniature sur ivoire pour chaton de bague.

44. — Ecole française, XVIIIe siècle. — Pastorale. — Peinture sur émail, — fracturée.

45. — Ecole française. — Portrait de femme. — Email du temps de Louis XV.

46. — Ecole française. — Corbeille de fleurs. — Email de même époque.

47. — Ecole française, XVIIIe siècle. — Jeune femme, vue en buste. — Miniature sur ivoire.

48 —. Ecole française, XVIIIe siècle. — Portrait de jeune femme. — Miniature sur ivoire, forme octogone.

49. — Ecole française, époque Louis XVI. — Portrait de femme coiffée d'un chapeau. — Peinture sur émail.

50. — Ecole française, XVIIIe siècle. — L'innocence. — Peinture sur émail, cadre en bronze doré, époque Empire.

51. — Or émaillé. — Boîte ovale, fond bleu translucide, ornée sur le couvercle d'un émail ovale représentant le *rendez-vous*, entourage d'émaux de couleurs et de perles fines, travail de l'époque Louis XVI. — Etui en maroquin rouge, doré aux petits fers.

52. — Or émaillé. — Dessus de boite représentant *la Justice*, émaux translucides, entourage en perles fines, époque Louis XVI.

53. — Email de Saxe. — Boîte carrée ornée de gaufrures et fleurs peintes polychrome. — A l'intérieur, portrait de femme en costume Watteau. — Epoque Louis XV.

54. — Email de Saxe. — Petite boîte carrée, décorée de paysages et ports de mer. — Epoque Louis XV.

55. — EMAIL français. — Tabatière rectangulaire, ornée de pastorales dans le goût de Boucher. — Monture en argent ciselé doré.

56. — EMAIL de Saxe. — Dessus de boîte avec personnages et ornements de goût chinois. — Epoque Louis XV. — Cadre bronze doré.

57. — BOITE ronde en poudre d'écaille orangée, piquetée d'or, avec paon en plumes. — Epoque Louis XVI.

58. — VERNIS Martin. — Portrait du grand Dauphin. — Imitation d'un émail de Limoges, cadre en bronze doré.

59. — VERNIS Martin. — Etui à fond vert, orné de figures, dans le goût de Boucher. — Monture en or, très belle qualité.

60. — DEUX dessus de boite en écaille noire, incrustée de nielles en argent et décorés au vernis Martin de sujets dans le goût de David Teniers. — Epoque Louis XVI.

61. — ECOLE russe, dite de Strogonoff. — La trahison de Judas. — Petit panneau d'une exécution précieuse, rehaussée d'or. — Travail du XVIe siècle.

62. — Boite ovale en écaille brune piquetée d'or à l'entour, miniature au vernis Martin. — Jeune femme à sa toilette. — Monture cuivre doré.

63. — Ecole russe. — La Résurrection. — Petite peinture sur fond or.

64. — Boite ovale en agate rubanée, monture en cuivre doré. — Epoque Louis XVI.

65. — Tabatière écaille, forme rectangulaire bombée.

66. — Boite en écaille formant coquille, piquetée d'étoiles en argent et pavée de turquoises. — Epoque Louis XV.

67. — Ivoire. — Boîte ronde, couvercle ajouré, piqueté d'acier. — Epoque Louis XVIII et une autre boîte en racine.

II.

Montres anciennes

68. — Or. — Montre de l'époque Louis XV, ciselée, représentant sur le boîtier un Port de Mer. — Signée Jn Le Roy, à Paris.

69. — Or. — Montre à deux ors ciselés, boîtier émaillé vert semé d'étoiles d'or, mouvement de Amalric, Genève, époque Louis XVI.

70. — Or. — Montre forme dite savonnette, mouvement de Leroy et fils, Paris.

71. — Argent doré. — Montre à double boîtier repercé et ciselé, époque Louis XIV, mouvement à répétition, signé Henry Massy — London.

72. — Argent. — Montre boîtier repoussé et ciselé représentant Vénus et Adonis. — Travail de l'époque Louis XV. — Signé Duruy. — London.

73. — Cuivre doré. — Montre de l'époque Louis XIV, boîtier recouvert en peau de chagrin cloutée de cuivre. — Mouvement signé J. Godde, à Paris.

74. — Cuivre doré. — Montre de l'époque Louis XVI, boîtier émaillé, sujet allégorique, Mouvement signé F. Rey, à Genève.

III.

Objets divers

---

75. — BRONZE antique Gallo-Romain. — Tête de femme diadémée, présumée être une tête de Gorgone. — Très bel échantillon de l'art romano-gaulois, ayant un grand caractère, les yeux en argent.

76. — ARGENT et cornaline. — Cuillère et couteau, travail français de l'époque Louis XIII. — Objets rares.

77. — COUTEAU de table. — Epoque Louis XVI, manche ivoire clouté d'or, lames en acier et argent.

78. — ECAILLE brune. — Tabatière garnie en or, le couvercle orné d'une mosaïque romaine représentant une colombe. — Epoque Louis-Philippe.

79. — Coco. — Tabatière avec sujet pastoral. Epoque de 1830.

80. — Bois sculpté. — Joueur de cornemuse, très jolie statuette. — Travail du XVIIIe siècle.

81. — Camée coquille. — Danse des Nymphes — Cadre bronze doré.

82. — Argent. — Boucle en filigrane et cadre à double face.

83. — Argent. — Deux boucles en filigrane.

84. — Fer ciselé. — Eperon de l'époque Louis XIII. — Clef de l'époque Louis XIV et cachet armorié.

85. — Cristal de Roche monté en argent émaillé. — Petit vase style du XVIe siècle.

86. — Bois sculpté rustique avec gouache. — Vue de Ville.

87. — Cuir gravé. — Petit coffret quadrangulaire, bardé de fer ouvré. — Travail français de la fin du XVe siècle.

88. — Coco sculpté. — Gourde représentant Napoléon Ier présentant le roi de Rome au peuple ; et la bataille de Waterloo, garniture en argent. — Petit flacon orné de feuilles de vigne et raisins. — Figure de Bacchus ; garni en argent.

89. — BRONZE doré, époque Louis XV.— Petit Cartel, haut. 0 m. 20.

90. — BOIS sculpté doré. — Petit cadre de forme ovale. — époque Louis XIV.

91. — IVOIRE. — Christ. — Travail français, époque Louis XIV. — (les bras manquent), et un autre plus petit.

92. — IVOIRE. — Manche de couteau, Bacchus enfant. — Sculpture du XVIIe siècle.

93. — IVOIRE. — Manche de couteau du XVIIe siècle. — Minerve.

94. — OS. — Plaquette gothique et petit couvercle de boîte.

95. — TERRE cuite peinte. — Quatre amulettes de pélerinage, Sainte-Anne, Vierge et Crucifix. — XVIIe siècle.

96. — IVOIRE. — Eventail du temps de Louis XV. — Cachet garni en argent et plaquette persane.

97. — RELIQUAIRE de l'époque Louis XIV avec cadre en bois sculpté de même époque. — Collection de boutons anciens, époque Louis XIV, comprenant :

16 boutons nacre incrustés d'argent ;
18 — acier.
37 — bronzés et argentés.
5 — à bouquets de fleurs.

Ce lot sera divisé.

IV.

Emaux anciens de Limoges

98. — CUSTODE du XIVe siècle, en émail champlevé, avec rinceaux fleurdelisés.

99. — LAUDIN Jean. — Saint Jean, plaque émaillée, avec reliefs aux angles.

100. — EMAIL de Nouhaillier. — Saint Pierre, important émail entouré de reliefs.

101. — LAUDIN. — Saint-Benoît, émail orné aux angles de reliefs.

102. — NOUHAILLIER. — Saint Benoît, émail orné aux angles en relief. — Signé du monogramme P. N. — Cadre en bois sculpté doré.

103. — NOUHAILLIER (P). — Sainte Scholastique, pendant du précédent, cadre en bois sculpté.

104. — NOUHAILLIER. — Saint Buno. — Plaque signée au revers Nouhaillier, émailleur à Limoges.

105. — NOUHAILLIER. — Sainte Marguerite. — Email signé au revers Nouhaillier, émailleur à Limoges.

— Autre émail. — Sainte Françoise. — Fractures.

106. — LAUDIN Jean. — L'éducation de la Vierge. — Forme ovale.

107. — LAUDIN. — Coupe Lobée, ornée de fleurs sur fond blanc et du profil de Othon VIII.

108. — COUPE gaufrée, ornée de fleurs et oiseaux sur fond blanc, au fond tête Laurée. — Imitation de Limoges.

109. — ROBILLARD. — Lanterne à main, ornée de reliefs et de tête de guerrier et femme casquée.

— Paire de petits vases aiguières repoussés et émaillés. — Style Louis XIV.

110. — LAUDIN. — Bourse en passementerie avec deux émaux polychrome représentant le Dauphin et la Dauphine. — Epoque Louis XV.

111. — FER laqué. — Epoque Louis XV. — Deux petits seaux, décor de personnages chinois.

V.

Porcelaines et Faïences anciennes

---

112. — SÈVRES. — Pâte tendre. — Ecuelle couverte et son plateau, décor polychrome de semé de bouquets.— Lettre K. 1763. — Anse du couvercle réparée.

113. — SÈVRES.— Pâte tendre.— Beurrier, décor polychrome de semé de bouquets. — Lettre U, année 1773.

114. — SÈVRES. — Pâte tendre. — Tasse et sa soucoupe, forme ob. conique, décor polychrome, guirlandes de fleurs et rubans. — Marque du double L et d'une fleur de lys.

115. — SÈVRES — Pâte tendre. — Tasse droite et sa soucoupe fond bleu avec fleurettes à branchages.— Lettres KK, année 1788.

116. — Sèvres. — Pâte tendre. — Tasse droite, décor au barbeau, trophée de lys, trompette et dauphins dans deux réserves. — Lettre PP, 1792.

117. — Sèvres. — Pâte tendre. — Quatre tasses et soucoupes, décor polychrome de semé de bouquets. — Lettres E, L, N, B. — Deux tasses fêlées.

118. — Sèvres. — Pâte tendre. — Soucoupe décor polychrome et or, guirlandes de fleurs et feuillages. — Epoque Louis XVI.

119. — Sèvres. — Pâte tendre. — Assiette à bord contourné, décorée polychrome sur le marli de boutons de fleurs roses et bleus, au centre un rosier. — Lettres G, année 1758.

120. — Sèvres. — Pâte dure. — Tasse droite, décor polychrome, bouquets de fleurs. Epoque de la Ire République.

121. — Sèvres. — Pâte dure. — Tasse ronde et soucoupe, décor polychrome fleurs. — Epoque Louis-Philippe, année 1842.

122. — Imitation de Sèvres. — Pâte tendre. — Tasse droite et sa soucoupe, fond bleu turquoise à réserves entourées d'or ornées d'oiseaux. — Polychrome.

123. — Veegwood. — Tasse ronde et sa soucoupe, décor bleu et or imitant le japon. — Epoque de 1800.

124. — Sèvres.— Pâte tendre.— Tasse mignonnette, bleu et or, fracturée, et soucoupe de la fabrique de la Courtille.

125. — Inde. — Deux tasses et soucoupes, décor polychrome fleurs et armoiries. — Très belle qualité, époque Louis XVI.

126. — Strasbourg. — Pot à eau couvert, décor polychrome fleurs et œillets.— Monture en argent ciselé de l'époque Louis XV.

127. — Moustiers. — Porte-burettes et ses burettes, décor bleu dans le goût de Berain. — Epoque Louis XV.

128. — Strasbourg. — Quatre compotiers décor polychrome, personnages chinois. — Epoque Louis XV.

129. — Strasbourg. — Vingt-huit plats et assiettes, décor polychrome, personnages chinois.

130. — Strasbourg. — Douze compotiers gaufrés, décor polychrome, fleurs. — Epoque Louis XV.

131. — Strasbourg. — Sept compotiers de même décor et époque, plus grands que les précédents.

132. — STRASBOURG. — Deux cache-pot, décor polychrome chinois et bouquets de roses. — Epoque Louis XV.

133. — STRASBOURG. — Porte-burettes ajouré ; décoré polychome. — Epoque Louis XV.

134. — STRASBOURG. — Douze assiettes, décor polychrome de bleuets, une fêlée. — Epoque Louis XVI.

135. — STRASBOURG. — Trente-une pièces : plats ronds et ovales, soupières, raviers, compotiers, saucières et coquetiers. — Décor polychrome fleurs. — Epoque Louis XVI.

136. — MOUSTIERS. — Deux assiettes, décor polychrome, sur le marli guirlandes de fleurs, au centre amours. — Epoque Louis XV. (Fêlées).

137. — MOUSTIERS. — Plat ovale, décor polychrome fleurs et grotesques. — Epoque Louis XV.

138. — ROUEN. — Plat octogone creux, décor polychrome dit à la corne. — Epoque Louis XV.

139. — ROUEN. — Vase de pharmacie, décor bleu. — Epoque Louis XVI.

140. — Marseille. — Assiette à feuilles en relief, peintes au naturel. — Epoque Louis XV. Signée P.

141. — Marseille (Imitation de). — Deux petits cache-pots aux armes du Dauphin.

142. — Venise. — Coupe plate filigranée blanc. — Epoque du xviie siècle.

142. — Venise. — Coupe couverte verre filigrané blanc, piédouche et bouton du couvercle bleu avec stries aventurinées. — Epoque du xvie siècle.

144. — Venise. — Coupe ronde à piédouche élevé filigranée. — xviie siècle.

145. — Venise et Bohême. — Bouteille filigranée, verre et plateau fracturé. — Verre à Cabochons. — Cinq pièces du xviie siècle.

146. — Verre allemand du xviiie siècle. — Bleu avec émaux de couleurs, daté de 1767.

147. — Saint-Amand. — Paire de cachepots, fond bleu de roi à réserves ornées de sujets d'après Watteau et fleurs, monture en bronze doré. — Style Louis XVI.

148. — Saxe moderne. — Deux statuettes polychrome.

VI.

Bronzes et Objets d'Ameublement

---

149. — Malachite et bronze doré. — Paire de vases porte-bouquets.

150. — Paire de petits bougeoirs de mêmes nature et monture.

151. — Pendule de l'époque Louis XVI. — Marbre blanc et bronze doré, amour offrant une couronne à une jeune femme.

152. — Bronze. — Paire de flambeaux de l'époque Louis XV à balustre, orné ainsi que le pied de reliefs rocaille. — Très beau modèle.

153\. — BRONZE argenté. — Paire de flambeaux girandoles à deux lumières. — Epoque Louis XV, modèle à balustre torsé. — Belle qualité.

154\. — Paire d'appliques à deux lumières. — Epoque Louis XV.

155\. — BRONZE. — Paire de chenets avec statuettes d'enfants. — Style Louis XV.

156\. — BRONZE. — Garniture de commode, poignées et entrées. — Epoque Louis XV. Neuf pièces.

157\. — PERTUISANE de l'époque Louis XIV. — Fer damasquiné d'argent. — Très belle qualité.

158\. — OBJETS divers non désignés.

VII.

BIBLIOTHÈQUE

NOTA. – Les livres sont en bon état et richement reliés la plupart. Ils devront être collationnés sur place et ne seront repris dans aucun cas.

159. — AMYOT. — Amours pastorales de Daphnis et Chloé. — Edition sur vélin, 1 vol. rel. maroq. rouge, dentelle et tranche dorée, garde maroq. vert ornée de dentelles. Chambolle. — Paris, F. Didot, l'an VIII.

160. — AVENTURES divertissantes du duc de Roquelaure. — 1 vol. fig. frontispice, demi-reliure, maroq. rouge. — Paris, Le Prieur, 1797.

161. — BACHELIN de Florenne. — La Science des armoiries. — Paris, librairie des Bibliophiles, 1880.

162. — BAILLON (le comte de). — Mémoires de Ed. Lord Herbert de Cherbury. — Rel. maroq. plein orange, filet et tr. doré: Niedrée. — Paris, Techner, 1863.

163. — BALZAC (lettres de feu). — M. de Balzac à M. Conrart, 1 vol. frontispice, rel. veau. — Paris, Aug. Courbe, 1659.

164. — BANVILLE (Théodore de). — Camées parisiens, 1re et 3e série, 1 vol. broch. papier de Chine non rogn. — Paris, Pincebourde, 1873.

165. — BAREZI. — Discours de la conqueste faite par le Jne Demetrius, etc., etc., 1 vol., demi-reliure. — Paris, Techner, 1858.

166. — BARTHÉLEMY. — Madame la comtesse de Maure, 1 vol. demi-reliure maroq. brun. — Paris, J. Gay, 1883.

167. — BEAUMARCHAIS. — La Folle Journée ou le Mariage de Figaro, 1 vol., figures de St-Quentin, rel. maroq. rouge, plein, filets tranch. marbr. dorée : Thivet. — Paris, chez Ruault, 1785.

168. — BERGIER (Nicolas). — Histoire des grands chemins de l'Empire romain, figures de B. Picart et cartes, 2 vol. veau. — Bruxelles, Jean Léonard, 1728.

169. — BERQUIN. — Idylles et romances, 4 vol. figures de Marillier et Borel avec épreuves originales et copies, reliure du temps, maroq. rouge, filets et tranche dorée. — Paris, Renault, 1783, et ses romances avec musique chez Moutardier, 1787,

170. — Blegny. — De l'usage du thé, du caffé et du chocolat, 1 vol. veau armorié. — Paris, l'auteur veuve d'Houry, etc., 1687.

171. — Berquin. — Romances, figures de Borel et musique, 1 vol. rel. maroq. rouge, plein filets, tr. dorée. — Paris, imprimerie de Monsieur, 1788.

172. — Bernard (P.-J.) — Œuvres grav. ; d'après Prud'hon. — Coloriées, 1 vol. cart. — Paris, Didot, 1797.

173. — Bernard. — L'art d'aimer, figure de Martiny Eisen, 1 vol. rel. veau, marb. fil., tranche dorée, exempl. en grand papier.

174. — Bernardin de Saint-Pierre. — Paul et Virginie. — Paris, Didot, 1806.

175. — Bonnardot. — Essai sur l'art de restaurer les estampes, 1 vol. demi-reliure. — Paris, Castel, 1858.

176. — Bocher (Emmanuel). —
Lavreince Nicolas, 1875.
P.-A. Baudouin, 1875.
J.-B.-S. Chardin, 1876.
H. Lancret, 1876.

177. — Bonhomme (H^{e}). Voyage de Piron à Beaune, sur chine, 1 vol. rel. maroq. rouge. — Paris, J. Gay, 1863.

178. — BONAFFÉ. (Ed.). — Causerie sur l'art et la curiosité, 1 vol. rel. toile. — Paris, Quantin, 1878.

178 *bis*. — BOYSSE (Ernest). — Abonnés de l'opéra. Frontispice et quatre portraits eaux-fortes de Champollion, 1 vol. broché. — Paris, Quantin, 1881.

179. — BREBEUF. — Pharsale de Lucain, mise en vers français, fig. de H.-P. Debrugge, 1 vol. veau. — La Haye, Arnout Leers, 1683.

180. — BRUCE. — Voyages en Nubie, etc., 6 vol. carton. — Paris, Plassan, 1791.

181. — BRUSLÉ (J.) Esope en belle humeur. — Frontispice et vignettes de Harreyn. — 2 vol. veau. — Bruxelles, Franc Foppens, 1700.

182. — BRUNET. — Manuel du libraire, 14 vol. 1 fascicule. — Paris, Didot, 1864.

183. — BRUNET (G.). — Fantaisies bibliographiques. — 1 vol. demi-reliure. Paris, J. Gay, 1864.

184. — BUSSY-RABUTIN. — Histoire amoureuse des Gaules. — 2 vol. cart. toile. — Paris, Adolphe Delahays, 1857.

185. — CATALOGUES de ventes d'objets d'art. — Martin, Marquis, Ducatel, E. Smith, Mich. Pascal. — Prof. Leillure, Narischine, Pingeon, Stein, E. de Montgermont, Dommartin, Thomassin, Marquis d'Houdam, Koucheleff, Mordret.

CATALOGUES de ventes de tableaux. — Everard, Morny, Hartmann, Paul Huet, Verde Delisle, Courbet, Lepel, Cointet, V. Boulanger, L. Belly, Pauwells, Hermann, Plassan, Brillouir et de Cook, Mouchot.

CATALOGUES de livres et estampes. — Techner, Huilart, Behagne, Roth, Rachel, Ch. Pieters, Garde, Neurin, Corbure, J. Pochon, Brunot, F. Didot, Aulard, Solat, Radziwill, Potier, Yemeniz, Schedow, Fontaine.

CATATOGUES de ventes de célèbres tableaux. — Quelq. avec eaux-fortes. — Collect. L. Richard, J. Dupré, Oppenheim, Sedelmeyer, Baron J. de H., Heilbuth, Double, Valpinçon, Lafaulotte, Villa del Salviatino, Mailand, Faure, Daubigny, Scencier, Diaz, Fromentin, Courbet, Fould, Wilson, Guillaumet.

186. — CRETIN. — Poésies de Guillaume Crétin. — 1 vol. vél. armorié. — Paris, Ant. Urb, Coutellier, 1723.

187. — Catalogue des livres de M. de Boze, 1 vol. rel. veau. — Paris, 1753.

188. — Catalogue. — Palais de San Donato.

189. — Catalogue. — Livres et manuscrits de de Bure, 1 vol. demi-rel. vel. — Paris, Pothin, 1853.

190. — Club alpin. — Années 1876 à 1892, incomplet.

191. — Campardon (Emile). — Marie-Antoinette, 1 vol. broch. — Paris, J. Gay, 1864.

192. — Caylus (Souvenir de Madame de). — 1 vol. avec portraits à l'eau-forte et terminé. — Maroq. bleu, dentelle, filets et tranches dorés. — Paris, Techner, 1860.

193. — Cazotte Ollivier. — Figures de Lefèvre à l'état d'eaux-fortes et avec la lettre, 2 vol. cart. — Paris, Didot, 1798.

194. — Chaix. — Saint Sidoine-Apollinaire, 2 vol. broch. — Clermont, Thibault, 1867.

195. — Charron Pierre. — De la Sagesse, 1 vol. rel. maroq., plein bleu, filets et tranche dorés. — Chambolle. — A Leide, chez Jean Elzevier.

196. — César. — Commentaires, texte latin, 1 vol. maroquin plein rouge, tranche dorée. — Chambolle. — Lugdini Batavorum, Elzevier, 1635.

197. — Cy est le Rommant de la Roze. — 1 vol. rel. maroq. rouge plein, fil. et tranc. marb. dorés. — Chambolle Duru. — Paris, Gaillot Dupré, 1531. — Livre en superbe état.

198. — Chateaubriand. — Atala René, fig. de B. Garnier, 1 vol. veau. — Paris, Lenormant, 1805, édition originale.

199. — Chateaubriand. — Les Natchez, figures sur chine, par Staal, 1 vol. brochure originale. — Paris, H. Krabbe, 1850.

200. — Chenier (André et Marie-Joseph). — Œuvres. — 7 vol. rel. veau. — Paris, Baudouin F., 1821.

201. — Chevreul. — La Chasse Royale, composée par Charles IX, 1 vol., portrait et figures, maroq. plein vert, tranche dorée. — Hardy. — Paris, Aubry, 1857.

202. — Chouppes. — Mémoires, 1 vol. broch. — Paris, Techner, 1861.

203. — Collé. — Partie de Chasse de Henri IV, fig. de Gravelot, 1 vol. vél. — Paris, Duchesne, 1766.

203 *bis*. — COOK. — Voyages. — Première, deuxième et troisième partie, atlas et gravures, 12 vol. rel. veau rouge. — Paris, veuve Lepetit, 1804.

204. — CORNEILLE (Pierre). — L'imitation de Jésus-Christ, mise en vers purs, 2e vol., Derelié. — Rouen, imp. pour Rob. Ballard, 1656.

205. — CORNEILLE (Pierre). — Imitation de Jésus-Christ en vers français, 1 vol., fig. de David, rel. maroq. plein bleu Petit. — Rouen, L. Maurry, 1653.

206. — CORNEILLE (P.) — La Toison d'or, tragédie. — Edition originale, 1 vol. rel. maroq. plein rouge. — Chambolle. — Paris, Courbe, 1661.

207. — COURCELLES (F. de). — Le Désabusement sur le bruit qui court de la prochaine consommation des siècles, 1 vol. veau plein, filets. — Rouen, Laurens Maurry, 1667.

208. — CRÉBILLON. — Œuvres. — 3 vol. rel. vélin vert, avec étuis en veau rouge, demi-rel., très bel exemplaire sur vélin, éd. stéréotype. — Paris, Pierre et Firmin Didot, an X (1802).

209. — CRÉBILLON. — Le Sopha. — 2 vol., fig. de Pinet, rel. veau plein. — Londres, 1781.

210. — Chroniques de Gargantua, 1 vol. sur vélin, rel. maroq. plein rouge, tranche dorée. — Chambolle. — Paris, Panckoucke, 1853.

211. — Clamorgan (Jean de). — La Chasse du Loup, au roi Charles IX. — Grav. sur bois, suivi de l'usage de la Jauge, de Gervais de la Court, broch. originale. Gabriel Cartier, 1597.

212. — Cohen. — Guide de l'amateur de liv. à vignettes du xviiie siècle, 1 vol. broché — Paris, Rouquette, 1870.

213. — Cuisin. — Les Femmes entretenues de Voibes. — 2 vignettes, 1 vol. broch. — Bruxelles, J. Gay, 1884.

214. — Cohen. — Guide de l'amateur de livres à fig. du xviiie siècle, 1 vol. broché. — Paris, Rouquette, 1876.

215. — Dancour. — La Foire de Saint-Germain. — Comédie, une brochure vélin. — Edition originale. — Paris, chez Thomas Guillain, 1696.

216. — Delile. — Les Georgiques de Virgile. — 1 vol. fig. de Casanova, rel. veau marbré, filets, tranche dorée. — Paris, Bleuet, 1770.

217. — De la Philosophie du Bonheur. — 2 vol. veau. — Portait et nomb. fig. coloriées, d'après Eisen et autres.

218. — Désaugiers. — Chansons et Poésies, 1 vol. Portrait, rel. maroq. rouge plein Hardy. — Paris, Garnier, 1858.

219. — Didot l'aîné. — L'Ami des jeunes Demoiselles. — 1 vol. rel. veau plein, filets et tranche dorés. — Paris, Didot l'aîné, 1789.

220. — Du Ryer. — L'Alcoran de Mahomet. — 1 vol. rel. maroq. rouge du temps. — Paris, Ant. de Sommaville, 1649.

221. — Deguerle. — Stratonice et son peintre. — 1 brochure. — Paris, Chaigneau, an VIII.

222. — De la Chambre. — Les Charactères des Passions. — 2e vol. contenant les parties III et IV, rel. vél. — Amsterdam, Ant. Michel, 1662.

223. — Demmin (A.) — Guide des amateurs d'armes.

224. — Du Ryer. — Alcoran de Mahomet. — Fig. de Padebrugge. — 1 vol. rel. ancien maroq. rouge, dent., tranche dorée. — La Haye, Adrien Moetjens, 1685.

225. — DESHOULIÈRES. — Poésies. — 1 vol. maroq. rouge à filets. — Paris, chez veuve Séb. Mabre Cramoisy, 1688.

226. — Divi Basilii magni Cesarien, frontispice. — Anno 1523.

227. — DUCIS (œuvres de J.-F.) — Portrait et figures de Desenne, sur chine, 4 vol., veau plein rouge gaufré, tranche dorée. — Paris, Nepveu, 1826.

228. — EBERS. — Traduction de Maspero (Gaston). — L'Egypte, nombreuses fig., 1 vol. carton rouge de l'éditeur. — Paris, Firmin Didot, 1880.

229. — ERASME. — Eloge de la folie, dessins de H. Holbein, 1 vol. broché, n° 341. — Paris, lib. des Bibliophiles, 1876.

230. — ERASME. — Les Colloques, avec vignettes de Chauvet, 3 vol. broch. — Paris, lib. des Bibliophiles, 1875.

231. — Eloge et Pensées de Pascal, — Portraits de Pascal et Voltaire. — 1 vol. veau. — Paris, 1778.

232. — Editions Bachelin, de Florenne. — 7 vol. rel. maroq plein vert. — La Lisette de Béranger. — Madame de Lamartine. — Lamennais. — H. Moreau, œuvres inédites. — H. Moreau, sa vie et ses œuvres. — Rouget de l'Isle et la Marseillaise. — Elisa Mercœur.

233. — Evangiles de saint Jean. — Texte latin, sans date. — Stephanii Gueyrard Lugduni.

234. — Fénelon. — Aventures de Télémaque. — 2 vol. rel. maroq. vert, filet et tranche dorés. — Figures de Lefèvre. — Paris, Didot, 1880.

235. — Fénelon. — Les Aventures de Télémaque. — Fig. de Bernard, Picart, Debrie et autres. — 1 vol. rel. ancienne, maroq. rouge plein aux petits fers. — Amsterdam, J. Wetstein et G. Smith. — Rotterdam, Jean Hofhout, 1734. — Très bel exemplaire en bel état.

235 *bis*. — Fénelon. — Aventures de Télémaque. — Portrait et figures de Marillier, tirés en bleu, bistre et rouge, 2 vol. demi-reliure, maroq. vert. — Paris, Delerville, 1796.

236. — Figures pour l'Heptaméron, 74 planches de la réimpression, demi-reliure.

237. — Fizelière (Albert de la). — Vins à la mode et Cabarets au XVIIe siéle. — Paris, Pincebourde, 1866.

238. — Flaubert. — L'Education sentimentale, 2 vol. broch. — Paris, M. Lévy, 1870.

239. — FLAUBERT (Gustave). — Mme Bovary, 2 vol. broch. — Paris, Alph. Lemerre, 1874.

240. — Flore des Serres et Jardins de l'Europe. — Nombreuses figures coloriées, 4 vol. demi-reliure, vert. — Gand, Van Houtte et Gysellinck, 1840.

241. — FLORIAN. — Gonzalve. — 3 vol., figure de Queverdo, cart. — Paris, Didot, 1791.

242. — FLORIAN.— Guillaume Tell, 1 vol. carton. — Portrait et 8 figures, Monnet et autres. — Paris, librairie économique, an X.

243. — FLORIAN. — Don Quichotte, 3 vol. veau, fig. de Lefèvre. — Paris, Delerville, 1799.

244. — FLORIAN. — Théâtre. — 2 vol. broch. — Paris, Didot, 1790. — Numa Pompilius, 1 vol. broch. fig. de Queverdo. — Paris, Didot, 1780.

245. — FLORIAN. — Galathée, 1794. - Les Six Nouvelles, 1794. — Fables, 1792. — Eliezer et Nephtaly. — Nouvelles nouvelles, 1792. — Estelle, 1788. — 5 vol. Derel.

246. — Fos (Léon de). — Gastronomiana, 1 vol. broché, grand papier. — Paris, Rouquette, et Clermont-Ferrand, Boucard, 1870.

247. — Fournier (Ed.) — Le roman de Molière. — 1 vol. broché. — Paris, Dentu, 1863.

248. — Galerie française. — Frontispice de Fragonard, portraits, 3 vol. cart. — Paris, Didot, 1821.

249. — Galerie historique des illustres Germains. — 1 vol. demi-reliure. — Paris, Antoine Aug. Renouard, 1806.

250. — Galland. — Les Mille et une Nuits, eaux-fortes de Lalauze. — Lib. des Bibliophiles, 10 vol. broch. — Jouaust, 1881.

251. — Galitzin (Prince Augustin). — Récit du sanglant et terrible massacre arrivé à Moscou en 1606. — 1 vol. broché. — Paris, Techner, 1859.

252. — Gazette des beaux-arts. — Années 1878, 5 liv. — 1879, 12 liv. — 1880, 12 liv. — 1881, 12 livres. — 1882, 12 liv. — 1883, 6 liv.

253. — Gauthier (Théophile). — Mademoiselle de Maupin. — 2 vol. brochés. — Paris, 1878.

254. — Garguille. — Les Chansons folâtres de Gaultier, ex. sur chine, demi-reliure. — Paris, chez Claudin, 1858.

255. — Gessner. — Œuvres. — Figure de Marillier, 2 vol. veau. — Paris, Dussart.

256. — Gessner. — Contes moraux et nouvelles idylles de D. et S. Gessner, figures de Gessner. — Exemp. grand papier, 1 vol. rel. veau. — A Zuric, chez l'auteur, 1773.

256 *bis* — Girodet. — Figures pour les œuvres de Virgile. — Exemp. cart. non rogné, premier 100 après les 250 de l'édition in-folio.

257. — Godard d'Aucourt. — Mémoires turcs, avec l'histoire galante. — 2 vol. en 1, rel. veau armorié. — La Haye, Isaac Beauregard, 1743.

258. — Graffigny. — Lettres d'une Péruvienne, 1 vol. — Portrait de de Launay, rel. maroq. orange, filets et tr. dorés. — A Peine.

259. — Graffigny (Madame de). — Lettres d'une Péruvienne. — 2 vol. avec vignettes de Lefèvre, triple suite à l'état d'eau-forte avant et avec la lettre. — Portrait de de Launay, rel. maroq. rouge, plein, Chambolle. — Paris, Didot, 1797.

260. — GRIMM (Diderot). — Correspondance. — 15 vol. broch. non rog. — Paris, Garnier frères, 1881.

261. — GUARINI. — Le Berger fidèle, en vers français. — 1 vol. rel. veau plein, filets et tranch. dorés. — Amsterdam, Abraham Wolfgang, 1689.

262. — GIÉLÉE? — Les Intrigues du cabinet des rats, orné de viguettes, 1 vol. veau. — Paris, chez Le Roi, 1788.

263. — HAVARD (Henry). — L'Art dans la maison, illustré par Corroyer, David, Peignot, etc. — 1 vol. broch. — Paris, Rouveyre, 1884.

264. — HAMILTON (Ant.) — Mémoires de Grammont, nombreux portraits, contes, fig. de Moreau le jeune, et Lettres, Poésies et Chansons. — 3 vol. rel. veau rose doré. — Paris, A. Renouard, 1812.

265. — Histoire d'Angleterre, rep. par figures, vignettes de Lejeune, gravées par David. — 2 vol. maroq. vert armoriés, filets et tr. dorés. — Paris, chez David, 1784.

266. — Hieroglifica of merk beelden, figures de Romeyn de Hooghe, 1 vol. carton. — Amsterdam, Joris Van der Wonde, 1735.

267. — INCUNABLE. — Johannes Chrisostomus Matheu. — 1 vol. rel. veau. — Colonie, anno 1486.

268. — Julie ou j'ai sauvé ma Rose. — 2 vol. broc. non c. — Bruxelles, J. Gay, 1882.

269. JUVENAL. — Satires. — 2 vol. cart. non rog. — Paris, Merlin, 1803.

270. — LACOUR (Louis). — Conversation du maréchal d'Hoquincourt. — 1 vol. broch. — Paris, 1865.

271. — LACOUR (Louis). — Livres du boudoir de la reine Marie-Antoinette, exemp. sur chine n° 12, rel. maroq. rouge. — Paris, J. Gay, sans date.

272. — LACOUR (Louis). — Mémoires de la duchesse de Brancas. — 1 vol. broch. — Jouaust, imp., 1865.

273. — L'Abus des Nudités de Gorge, édition originale. — 1 vol. veau rouge quadrillé, tranche dorée. — Bruxelles, François Foppens, 1675.

274. — La Chanson d'Antioche. — 2 vol. rel. veau, filets et tranche dorés. — Paris, Techner, 1858.

275 — .... — La Critique du légataire, comédie. — Plaquette brochée à Paris, chez Pierre Ribou, 1708.

276. — Lacroix. — Les Arts au Moyen-Age. — Vie militaire et religieuse. — Mœurs, Usages et Coutumes. — Sciences et Lettres. — 4 vol. broch. — Paris, Didot, 1877.

277. — Lacroix. — xviie siècle, Institution, Usages et Costumes. — xviiie siècle, Institution, Usages et Costumes. — Sciences et Arts. — Directoire, Consulat et Empire. — 4 vol. — Didot, 1884.

277 *bis*. Lacroix. — Bibliothèque de la Reine Marie-Antoinette au petit Trianon, sur papier de chine. — 1 vol. demi-rel. maroquin. — Paris, J. Gay, 1863.

278. — Lacroix. — La Farce de Maître Pathelin. — 1 vol. broch. — Paris, lib. des Bibliophiles, 1876.

279. — Lacroix. — Histoire de l'Orfèvrerie-Joaillerie. — 1 vol. cart. — Paris, 1850.

280. — Lafon (Mary). — Rome ancienne et moderne, vignettes. — 1 vol. broch. — Paris, Furne, 1854.

281. — Lafayette (Comtesse de). — Histoire d'Henriette d'Angleterre. — 1 vol. maroq. orange plein, Trautz-Bauzonnet. — Paris, Techner, 1853.

282. — Lafontaine. — Contes et nouvelles, ornées de figures. — 2 vol. reliure veau bleu, filets. — Amsterdam, 1762.

283. — Lafontaine. — Contes, 1er vol. Derelié, figures de Romain de Hooge. — Amsterdam, chez H. Desbordes, 1685.

284. — La Grande danse macabre, etc., etc. — rel. maroq. plein vert, tranche dorée. — Paris. Lahure, 1858.

285. — Langles. — Monuments anciens et modernes de l'Hindoustan. — Nomb. grav. 2e vol. cart. — Paris, Boudeville, Nicolle Didot, 1817.

286. — L'Ancien Bâtard protecteur du nouveau ou la Prostitution de la Reine pour la protection du Prince de Galles. — 1 vol. veau. — Sans lieu, 1690.

287. — La Nuit et le Moment ou les Matinées de Cythère. — 1 vol. fig. demi-rel. dos vélin. — Londres et Amsterdam, 1764.

288. — Lazarche (Robert). — Traité du Célibat des prêtres. — Frontispice de Ulm. — 1 vol. broch. — Paris, Pincebourde, 1866.

289. — La Ruelle mal assortie ou Entretiens amoureux d'une Dame éloquente. — 1 vol. cart. toile. — Paris, Aug. Aubry.

298. — Lavaur. — Histoire secrète de Néron ou le Festin de Trimalcion. — 2 vol. en 1, rel. veau plein à filets. — Paris, Et. Ganneau, 1726.

291. — Lavallière (duchesse de). — Réflexions sur la miséricorde de Dieu. — 2 vol. portrait à l'eau-forte et terminé, rel. maroq. rouge plein, fil. et tr. dorés. — Belz-Niedrée. — Paris, Techner, 1860.

292. — Le Bon Mesnager au présent volume des prouffits, etc., dudit livre est adiousté oultre les précédentes impressions la manière de enter, planter et notterée tous arbres selon le jugement de maître Corgoule de Côme. — rel. en mauv. état. — Paris, le 22 avril 1546.

293. — L'Ecueil des Amants, nouv. espagnole. — 1 vol. rel. vélin, fig. de Harrewyn. Bruxelles, ch. Georges de Backere, 1710.

294. — Le Cousin de Mahomet, frontispices. — 2 vol. rel. veau. — Constantinople, 1768.

294 *bis*. — Nogaret. — Le fond du Sac. — 1 vol. broch. — Paris, Leclerc, 1876.

294 *ter*. — Beroalde de Verville. — Moyen de parvenir. — 3 vol, broch. — Paris, L, Willem, 1870,

295. — Le Pays. — Nouvelles œuvres. — 1 vol. frontispice, rel. maroq. vert, tranche dorée, Chambolle Duru.— Amsterdam, Abraham Wolfgang, 1677.

296. — LEGRAND. — Le Songe de Polyphile. — 2 vol. en 1, demi-rel. maroq. bleu. — Paris, Didot, 1804.

297. — LESAGE. — Le Diable boiteux, fig. de T. Jahannot, sur chine, 1 brochure originale non coupée. — Paris, Bourdin, 1845.

298. — Les Jeux de Calliope, ou coll. de poèmes anglais, italiens et espagnols. — 1 vol. ancienne rel. maroq. rouge, fil et tranc. dorés. — Londres et Paris, chez Ruault, 1776. — Bel exemp. grand papier.

299. — Le Livre des Ballades. — 1 vol. broché. — Paris, Alp. Lemerre, 1876.

300. — Les Libertins en Campagne. 1 vol. broc., exemp. nº 17. — Turin, J. Gay, 1870.

301. — Le Plaisant jeu du Dodechedron de fortune. — 1 vol. rel. maroq. bleu plein filets et tranc. marb. doré. — Chambolle Duru. — Paris, Vincent Sertenas, 1560.

302. — Les Soupers de Daphené. — 1 vol. carton. — A Oxfort, 1740,

303. — Le Temple de Gnide. — 1 vol., figures de

On y a ajouté les vignettes d'après Regnault. — Londres.

304. — LÉONARD. — Poésies pastorales. — 1 vol. cart., fig. de Marillier, Lebarbeau et Quantin. — A Genève et à Paris, chez Legay.

305. — LESAGE. — Gil Blas. — Figures de Borel, 4 vol. veau, dentelle dorée. — Paris, chez Janet, l'an troisième.

306. — DU ROZOY. — Les Sens. — Figures de Marillier, 1 broch. — Genève et Paris, chez Legay.

307. — Livre de la Chasse du chien Soulliard. — Papier teinté, demi-reliure, chagrin vert. — Paris, Aubry, 1858.

308. — MAILLARD. — Le Gibet de Montfaucon. — 1 vol. rel. vélin. — Paris, Aubry, 1863.

309. — MAISTRE. — Voyage autour de ma Chambre, six eaux-fortes de Hédouin, librairie des Bibliophiles, 1 vol. broch. — Jouaust, 1877.

310. — MAROT (Clément). — Œuvres, 2 vol. rel. maroq. rouge, pleins filets et tr. dorés, Chambolle Duru. — A La Haye, Adrien Mœtiens, 1700.

311. — MALO (Charles). — Voyages de Nadir Shah. — Vignettes, 1 vol. rel. veau brun. — Tours, R. Pornin, 1845.

312. — MARIE (Anna). — L'Ami exclu. — Fig. de Th. Fragonard. — 1 vol. veau bleu, filets Bauzonnet-Trautz. — Paris, Dellaye, 1840.

313. — MARLY-LAVEAUX. — Cahiers de remarques sur l'Orthographe française. — 1 vol. sur chine n° 15, demi-reliure, Paris, J. Gay, 1863.

314. — MARGERET. — Estat de l'Empire de Russie. — 1 vol. maroq. plein rouge, Hardy. — Paris, Pottier, 1855.

315. — MARMONTEL. — Contes moraux. — 1 vol. maroq. vert, filets et tranche dorés, garde-soie rose moirée. — Paris, Didot aîné, 1780.

316. — MARMONTEL. — Pharsale de Lucain. — 2 vol., figures de Gravelot, rel. veau. — Paris, Merlin, 1766.

317. — MASSON et BRUCKER. — Le Maçon. — 2 vol. frontispices, rel. veau, filets et tranche dorés. — Paris, Delloyes, 1840.

318. — MAUCROIX. — Œuvres diverses publiées par L. Paris. — 2 vol., rel. veau plein, filets et tranche dorés. — Reims, Brissard-Binet, 1854.

319. — MEAUME (Edouard). — Recherches sur la vie et les ouvrages de Jacques Callot. — 2 vol. demi-reliure chagrin, non rognés. — Paris, V. Renouard, 1860.

320. — MÉRIMÉE (Prosper). — Colomba. — Dessins de Worms. — 1 vol. broché. — Paris, Charpentier, 1876.

321. — MERAY (Antony). — La vie au temps des Trouvères. — 1 vol. broché, grand papier. — Paris, Claudin, 1873.

322. — Mémoires de Rigolboche. — Broch. — Paris, 1860.

323. — MEZERAY. — Abrégé de l'Histoire de France et Histoire de France avant Clovis. — 7 vol. maroq. rouge, dent. filets, Chambolle-Duru, 1867. — Amsterdam, Ch. Abra. Wolfgang, 1673.

324. — MACHIAVEL. — Histoire Florentine. — 1 vol. veau. — Paris, Guillaume de la Noue, 1577.

325. — MICHEL (Francisque). — Rabelais analysé, avec figures. — 9 vol. broch. — On y a ajouté une suite par Déveria. — Paris, Barba, 1830.

326. — Mitistoire Baragouyne de Fanfreluche et Gaudichon, etc. — 1 vol. rel. maroq. rouge plein, filets et tr. dorés, Capé. — Janet, libraire, 1850.

327. — Molière. — Théâtre. — Collationné par F. Hillemacher, eaux-fortes de Hillemacher d'après Sorieul. — 8 vol. broch. — Lyon, Scheuring, 1870. — Galerie historique des portraits des comédiens de la troupe de Molière, 1 vol. broch. chez Scheuring, Lyon, 1869. — La cérémonie du malade imaginaire. — Broch. Lyon, Perrin et Marinet, 1870.

328. — Montlosier (Comte de). — Dénonciation aux cours royales. — 1 vol. cart. — Paris, Amb. Dupont et Baudouin frères, 1826.

329. — Montaigne. — Essais. — 3 vol. rel. maroquin rouge, dent. — Filets dorés, Chambolle-Duru, 1866. — Amsterdam, Ant. Michiels, 1659.

330. — Monthois (Robert). — La noble et furieuse Chasse du loup. — 1 vol. broch. — Techner, 1875.

331. — Moreau (C.). — Histoire anecdotique de la Jeunesse de Mazarin. — 1 vol. rel. maroquin rouge, plein filet, dent., tranche dorée, Belz Médrée. — Paris, Techner, 1873.

332. — Mort édifiante ou récit des dernières heures de Mlle ***. — 1 vol. cart. — La Haye, Arnout Leers, 1864.

333. — MORTIER (Pierre). — La Bible et le Nouveau-Testament. — Fig. de Bernard Picart. — 2 vol. maroq. rouge, filets et tranche dorés, reliure ancienne.

334. — NÉGRIN (Emile). — Les Contes Gaulois. — 1 vol. broché, portrait, papier teinté. — 1866.

235. — NOSTRADAMUS. — Les Vrayes Centuries de maître Michel. — 1 vol. maroq. violet, filets dorés. — Amsterdam, chez Jean Janson, 1668. — Très bel exemplaire avec gardes en soie rouge dorée.

336. — NYNAUD (J. de) — De la Lycanthropie, transformation et extase des sorciers.— 1 vol. maroq. plein violet foncé de Hardy. — Paris, Nicolas Rousset, 1615.

337. — Ordonnances et Instructions faites par feu de bonne mémoire les roys Charles septième, Louis XI et suivants, jusques en l'an 1500. — Exemplaire en superbe état, 1 vol. vélin. — A Paris en la grande salle du palais Gaillot Dupré, 1525.

338. — OVIDE. — Les Métamorphoses, trad. de Fontanelles, figures de Zocchi. — 2 vol. veau. — Paris, Panckoucke, 1767.

339. — Ovide. — Les Métamorphoses, figures, 4 vol. rel. veau. — La Haye, Jean Heaulne, 1744.

339 *bis*. — Ovide. — Travesty ou Métamorphoses burlesques. — 1 vol. maroq. violet. — Chambolle Duru. — Paris, chez Etienne Loyson, 1662.

339 *ter*. — Ovide. — Traduction des Héroïdes, fig. de Zocchi. — 1 vol. veau. — Paris. Durand, 1763.

340. — Palavicini. — La Politique et les Intrigues de la Cour de Rome, 1 vol. rel. vélin, filets dorés. — Cologne, J. Weller, 1696.

341. — Poligny (Comte de). — Le Prêtre marié. — 1 vol. maroq. plein orange, filets et tranches dorés. — Belz, Niedrée. — Paris, Techner, 1873.

342. — Les Pantagruéliques, contes du pays rémois, exemp. n° 17. — 1 vol. broch. non coup. — Turin, J. Gay, 1870.

343. — Parfait Capitaine, autrement l'abrégé des guerres de la Gaule. — 1 vol. veau plein bleu, gaufré. — Paris, 1738.

344. — Pascal. — Lettres d'un Provincial. — 1 vol. rel. maroq. plein rouge, fil. et tranch. marb. dorés. — Edition originale. — Chaque lettre a sa pagination. — Sans lieu ni date.

345. — PASCAL. — Traité de l'équilibre des liqueurs et de la pesanteur de la masse de l'air. — 1 vol. veau. — Paris, Guillaume Després, 1663.

346. — PASCAL. — Pensées de M. Pascal sur la religion. — 1 vol. rel. maroq. rouge plein, filets, Chambolle Duru. — Paris, Guillaume Després, 1670.

347. — PASCAL. — Les Provinciales ou Lettres écrites par Louis de Montalte, etc. — 1 vol. rel. maroq. rouge, filets, Chambolle. — Cologne, Pierre de la Vallée, 1657.

348. — PASSERAT. — Le Chien courant. — 1 vol. broché, grand papier. — Paris, Aubry, 1874.

349. — PERRAULT. — Les Contes des Fées, portrait et vignettes par Gerlier et autres. — 1 vol. demi-rel. maroq. noir. — Paris, imp. Impériale, 1864. Ex. n° 156.

350. — Petite Collection antique. — Paris, Quantin, 1878 à 1890. — Leucippe et Chlophon. — Bucoliques. — Dialogues des Courtisanes. — Anacreon et Sapho. — Jason et Medée. — Odes et Epodes. — Les Idylles. — Les Elégies. — L'Ane. — Catulle. — Héro et Léandre. — L'Amour et Psyché. — Daphnis et Chloé. — L'Amour.

351. — PEZAY (le marquis de). — Zélis aux Bains. — Fig. de Eisen, à Genève. — Le Temple de Guide, par Colardeau. — 1 vol. veau.

352. — PIRANÈSE. — Vues variées de Rome. — 1 vol. album carton. — Rome, 1748.

353. — PITRE (Chevalier). — Histoire des Guerres de la Vendée. — Fig. de Leleu, Penguilly, T. Johannot. — 1 vol. cartonnage gaufré doré de l'éditeur, tranc. dorées. — Paris, Didier, 1851.

354. — Le Politique désintéressé ou Raisonnements sur les affaires de l'Europe. — 1 vol. veau gaufré plein. — Cologne, Henri Mathieu, 1671.

355. — PONCE. — Descriptions des Bains de Titus. — Nombreuses planches de Ponce. — Grand papier. 1 vol. carton. Paris, Barbou, 1780.

356. — Privilèges du Cocuage. — 1 vol. veau. Cologne, 1708.

357. — PRÉVOST. — Manon Lescaut, portrait par Schmidt, fig. de Lefèvre. — 2 vol. rel. veau. — Paris, Didot, 1797.

358. — Primerose, par M... Et. de V... DE. — 1 vol. broch. n° 93. — Paris, Leclerc, 1863.

359. — Procès de Ravaillac. — 1 vol. papier bleu, portrait et figures, demi-rel. maroq. vert. — Paris, A. Aubry, 1858.

360. — RABELAIS. — Œuvres. — 5 vol. brochés, 1 vol. eaux-fortes et supplément aux éditions de Rabelais, par Brunet. — Paris, Lemerre, 1868 à 1881.

361. — RABELAIS. — Œuvres de F. Rabelais. — 2 vol. rel. maroq. rouge plein, filets et tranc. dorés, Chambolle, avec portraits et figures de Desenne à l'état d'eau-forte. — Sans lieu, 1663.

362. — RABELAIS. — Œuvres de Franc Rabelais, 1 vol. rel. maroq. Lavallière plein, capé tranche dorée. — A Lyon. par Jean Martin, 1558.

363. — REINE de NAVARRE. — Cent nouvelles nouvelles. — 2 vol. rel. maroq. vert, filets et tranche dorée, Chambolle Duru. — Fig. de Romain de Hooghe. — Cologne, Pierre Gaillard, 1701.

364. — Recueil de diverses pièces servant à l'histoire de Henry III, 1 vol. veau. — Cologne, Pierre du Marteau, 1666.

365. — REINE de NAVARRE. — Cent nouvelles. — 2 vol. veau du temps, fig. de R. de Hooghe. — Cologne, Pierre Gaillard, 1701.

366. — REINE de NAVARRE. — L'Heptaméron. — 3 vol. portrait et vignettes gr. par Riffaud, avec lettre autographe du B. J. Pichon, adressée à J. Chenée. — Rel. maroq. vert, fil. et tranc. marbrés dorés. — Hardy. — Paris, soc. des Bibliophiles, 1853.

367. — REGNARD. — Le Distrait, comédie, édition originale. — Rel. veau, filets et tranche dorés par Capé. — Paris, Pierre Ribou, 1698.

368. — RENOUVIER (Jules). — Des Gravures sur bois dans les livres d'Anthoine Verard, 1 vol. demi-rel. maroq. rouge, tranc. dorée. — Paris, Aubry, 1859.

369. — RENOUVIER (J.) — Des Portraits d'auteurs dans les livres du XVe siècle. — 2 vol. demi-rel. maroq. rouge, tranc. dorée. — Paris, A. Aubry, 1863.

370. — RENOUVIER (Jules). — Des Gravures sur bois dans les livres de Simon Vostre, 1 vol. demi-rel. maroq. rouge, tranch. dorée. — Paris, A. Aubry, 1861.

371. — RENOUVIER (J.) — Jehan de Paris, varlet de chambre et peintre ordinaire des rois Ch. VIII et L. XII. — 1 vol. demi-rel. maroq. rouge. — Paris, A. Aubry, 1861,

372. — Rich (Ant.) — Dictionnaire des Antiquités romaines et grecques. — 1 vol. broch. — Paris, J. Didot, 1873.

373. — Resie (le comte de). — Histoire de l'Eglise d'Auvergne. — 2 vol. broch. — Paris, Lhuilier, Saint-Flour, Viallefond, 1855.

374. — Registre criminel du Châtelet. — 2 vol. broch. — Paris, Techner, 1864.

375. — Regnier. — Œuvres. — Edition L. Lacour. — 1 vol. broch. non coupé. — Paris, Jouaust, 1867.

376. — Rispaqnot. — Dictionnaire des Orfèvres. — 1 vol. broch. — Paris, Laurens, 1890.

376 *bis*. — Rispaqnot. — Origine de la manufacture de porcelaine de Vincennes et Sèvres. — Paris, K. Simon, 1878.

377. — Robert. — Atlas universel, frontispice et cartes par Baquoy. — 1 vol. rel. maroq. rouge armorié. — Paris, Boudet, 1757.

378. — Ronsard. — Les derniers vers de Pierre Ronsard, gentilhomme vendômois. — 1 vol. carton. — Paris, Gabriel Buon, 1586.

379. — Rome ridicule. — Plaquette en vers, XVIIe siècle, cart.

380. — ROCQUAIN. — Napoléon Ier et le roi Louis. — 1 vol. broch. — Paris, F. Didot. 1875.

381. — ROSNY. — L'Epouse d'outre-tombe. — Exemp. sur chine n° 10, demi-rel. maroq. rouge. — Paris, J. Gay, 1864.

382. — ROUCHER. — Les Mois. — 2 vol. rel. veau, fig. de Moreau le jeune. — Paris, imp. Quilleau, 1779.

383. — RONSARD. — Continuation du Discours des misères de ce temps. — 1 vol. cart. — Paris, Gabriel Buon, 1564.

384. — ROUSSELET. — L'Inde des Rajahs. — 317 grav. sur bois. — 1 vol. cartonnage de l'éditeur. — Paris, Hachette, 1875.

385. — SARCEY. — Comédiens et Comédiennes de la maison de Molière. — 31 liv. — Portraits de Gaucherel. — Paris, lib. des Bibliophiles, 1875 à 1884.

386. — LACY. — La Sainte-Bible. — Nombreuses figures sur acier, 4 vol. demi-reliure rouge. — Paris, Furne, 1841.

387. — SAINT-SIMON. — Mémoires. — 20 vol. brochés. — Paris, G. Barba, 1856.

388. — SAINT-AMANT. — Passage de Gibraltar, poésie héroï-comique. — 1 vol. cart. — Paris, Toussant Quinet, 1641.

389. — SAINT-RÉAL. — Conjuration des Espagnols contre Venise. — 1 vol. maroq. vert plein, filets et tranche dorés, gardes en soie rose moirée. — Paris, Didot l'aîné, 1781.

390. — SAINCTON. — Histoire du Grand Tamerlan. — 1 vol. maroq. rouge, plein, tranche dorée. Hardy. — Amsterdam. Abraham Wolfgang, 1678.

391. — Satyre Ménippée. — 1 vol. rel. maroq. rouge plein, Hardy Menier. — Ratisbonne, Mathias Kerner. 1664.

392. — SENAULT. — De l'Usage des Passions, frontispice grav., 1 vol., maroq. bleu plein, tranche dorée, Chambolle-Duru. — A Leide, Ch. J. Elzevier, 1658.

393. — SCHYNVOETS. — Livre de Vases. — 24 ép. non rognés. — Amsterdam, sans date.

394. — SÉVIGNÉ. — Lettres de Madame de Rabutin (marquise de Chantal), avec portraits de J. Jacquemart en deux états. — 11 vol. rel. maroq. rouge plein, filets et tranche dorés. — Belz-Niédrée. — Paris, Techner.

395. — SCARRON. — Le Roman comique. — 7 vol., portraits et vignettes de Paets et Bourg. — Rel. maroq. plein rouge, filets et tranche dorés, Capé. — Amsterdam, J. Wetstein, 1752.

396. — Straparole. — Les facétieuses nuits de Straparole. — Eaux-fortes de Champollion, d'après 14 dessins de J. Garnier. — 4 vol. brochés, librairie des Bibliophiles. — Jouaust, 1882.

397. — Strabonis illustrissimi scriptoris géographia, etc., etc. — Reliure du temps. — Imp. pour Claude Chevallon en 1500.

398. — Scudery. — Alaric ou Rome vaincue. — fig. de Schonnebeck. — 1 vol. rel. maroq. plein rouge de Niédrée. — A La Haye, Jacob Van Elleneckuisen, 1685.

399. — Tabarin. — Plaisantes Recherches d'un homme grave sur un farceur, par C. Leber. — 1 vol. maroq. rouge plein, Chambolle. — Paris, Techner, 1856.

400. — Tableaux du Temple des Muses. — Tirés du cabinet de M. Favereau. — Nombreuses figures de Diepenbecke, 1 vol. rel. veau. — Paris, Ant. de Sommaville, 1655.

401. — Tasse. — Jérusalem délivrée. — Portrait. 20 vignettes de Lebarbier. — 2 vol. rel. veau. — Paris, chez Bossange, 1803.

402. — TAVERNIER. — Nouvelle relation de l'intérieur du Sérail du Grand-Seigneur, 1 vol. veau plein vert, filets et tranche dorés. — Amsterdam, Johannes Van Sommeren, 1678.

403. — TAVERNIER (Voyages de J.-B.) — 2 vol., frontispices et figures, rel. maroq. vert, tranche dorée. — Amsterdam, chez Johannes Van Sommeren, 1678, suivant la copie imprimée à Paris.

404. — TENCIN (Madame de). — Siège de Calais, 2 vol. maroq. vert plein, filets, fleurs et tranche dorés, rel. du temps. — Paris, Didot, 1781.

405. — THOMASI. — La Vie de César Borgia avec figures en taille-douce. — Leyde, chez Théodore Haak, 1712.

406. — THIERS. — Histoire de la Révolution Française. — 10 vol. — Histoire du Consulat et de l'Empire, 20 vol., nombreuses vignettes. — 30 vol. broch. — Paris, Furne, 1849 à 1855.

407. — THIERS (J.-B.). — Histoire des Perruques — 1 vol. rel. veau. — Avignon, 1779.

408. — Traité des Droits de la Reyne sur divers Etats de la monarchie d'Espagne, suivant la copie de l'imp. royale. — Paris, 1667, 1 vol. rel. vélin.

409. — Traité de la Restitution des Grands. — 1 vol. rel. maroq. — Lavallière, — tranche dorée, Chambolle. — Sans lieu. — 1665.

410. — Tricotel (Edouard). — Variétés bibliographiques. — 1 vol., n° 26, demi-reliure, maroq. brun. — Paris, J. Gay, 1863.

411. — Tristan l'Hermite. — Vers héroïques, portrait et front. — 1 vol. vélin. — Paris, l'auteur Jean-Baptiste Loyson, etc., 1684.

412 — Trithème. — Polygraphie et universelle écriture cabalistique. — 1 vol. rel. veau, filets et tranche marb. dorés. — Paris, pour Jacques Kerver, 1561.

413. — Thiers. — Histoire de la Révolution Française. — Histoire du Consulat et de l'Empire.

414. — Uzanne. — Les Chroniques scandaleuses. — Figures de Lalauze et Mongin. — 1 vol. broché. — Paris, Quantin, 1879.

415. — Uzanne. — La Gazette de Cythère. — Un vol. broch. — Paris, Quantin, 1881.

416. — Uzanne. — Les Mœurs secrètes du XVIIIe siècle. — 1 vol. broch. — Paris, Quantin, 1881.

417. — UZANNE. — Anecdotes sur la Du Barry. — 1 vol. broch. — Paris, Quantin, 1880.

418. — UZANNE. — Contes du baron de Bezanval. — 1 vol. broché, portrait. — Paris, Quantin, 1881.

419. — UZANNE. — Contes de Fromaget, le cousin de Mahomet. — 1 vol. broché, portrait. — Paris, Quantin, 1882.

420. — VERTRON (A. de). — Parallèle de Louis-le-Grand avec les princes qui ont été surnommés grands. — 1 vol. rel. veau plein, filets et tranch. dorés Hardy. — Paris, Jacques Lefebvre, 1685.

421. — VERTOT. — Histoire des révol. du Portugal. — 1 vol. fig. rel. veau plein, filets et tranche dorés par Petit. — Paris, chez M. Brunet, 1711.

422. — VIEL. — Amateur dramatique. — Nombreuses planches en couleur. — 1 vol. broché, grand papier. — Paris, A. Leclerc, 1861.

423. — VOLTAIRE. — La Pucelle. — 2 vol, broch. fig. de Duplessis Bertaux. — Paris, Leclerc, 1865.

On y a joint les figures de Loizelet, imp. en rouge.

424. — VISSAC (Marc de). — Le Monde héraldique. — 1 vol. broch, grand papier, exempl. n° 4. — Clermont-Ferrand, J. Boucard, 1870.

425. — Voyage de Paris à Saint-Cloud par mer et retour par terre. — 1 vol. broch. n° 323. — Paris, Duchesne, 1865.

426. — VOLTAIRE. — **Romans** et Contes. — 3 vol. fig. de Monnet, rel. veau. — A. Bouillon, 1778.

427. — VOLTAIRE. — Candide. — Portrait, 1 vol. broch. — Paris, Acad. des Bibliophiles, 1869.

428. — Von allen spenfen unnd. — Liv. de Cuisine, traduction allemande du livre de Platine, de Honesta, de Voluptate. — A Augsbourg, Hemrich Grainer, 1540.

429 — L'Ancien et le Nouveau Testament. — 2 forts vol. rel. maroq. rouge, belles gravures, tranc. dorée. — Amsterdam, M D CC.

430. — Catalogues des Musées. — Darcel, Faïences du Louvre. — Cluny, Manuscrits égyptiens, Verrerie, Gemmes et Joyaux, Faïences françaises, Objets de bronze et Musée La Caze.

431. — Sous ce numéro quantité de Brochures, Romans, Salons et ouvrages divers qui seront vendus par lots.

Tableaux

432. — Lefèvre 1786. — Cinq Gouaches. — Batailles d'Alexandre, d'après Ch. Lebrun, cadres en bois sculpté, époque Louis XVI.

Gravures et Peintures.

Meubles

433. — Meuble à deux corps, de l'époque Louis XIII, en noyer, moulures à colonnettes torses.

Commode bois de rose avec cuivres, époque Louis XV.

434. — Cabinet de travail, style Louis XV, avec marquetteries et bronzes dorés, composé d'un bureau, bibliothèque et vitrine.

Deux encoignures même genre.

435. — Divers Meubles de salon en acajou recouverts en velours grenat, Console, Guéridon, Garnitures de cheminée, Glaces, Chaises, Fauteuils, Tables et objets divers.

Orangerie

Quatre grands Orangers d'une hauteur de 3 mètres.

Et quantité d'arbustes.

Clermont-Ferrand
IMPRIMERIE CENTRALE --- MALLEVAL
8, Avenue Centrale, 8

www.ingramcontent.com/pod-product-compliance
Ingram Content Group UK Ltd.
Pitfield, Milton Keynes, MK11 3LW, UK
UKHW022120260726
13993UKWH00003B/1143